A mi hijo, Sebastián,
que eligió todas estas carreras.

Copyright © 1999 by Nord-Süd Verlag AG, Gossau Zürich, Switzerland
First published in Switzerland under the title *Weißt du was ish verden will?*
Spanish translation copyright © 2001 by North-South Books, Inc.

First Spanish edition published in the United States and Canada in 2001 by
Ediciones Norte-Sur, an imprint of Nord-Süd Verlag AG, Gossau Zürich, Switzerland.
Spanish version supervised by Sur Editorial Group.

Library of Congress Cataloging-in-Publication Data is available.
The CIP catalogue record for this book is available from The British Library.

ISBN 0-7358-1434-1 (trade)
1 3 5 7 9 TR 10 8 6 4 2
ISBN 0-7358-1435-X (paperback)
1 3 5 7 9 PB 10 8 6 4 2
Printed in Belgium

Si desea más información sobre este libro o sobre otras
publicaciones de Ediciones Norte-Sur, visite nuestra página
en el World Wide Web: www.northsouth.com

Cuando sea grande...

Peter Horn · Ilustrado por Cristina Kadmon

Traducido por Ariel Almohar

Ediciones Norte-Sur

New York · London

Un hermoso día de verano estaba a punto de terminar.
Sebastián había jugado con sus amigos todo el día.
Había corrido carreras con Teo el caracol. . .

había girado como un trompo en su caparazón
hasta marearse y se había zambullido una y otra
vez en el estanque verde y fresco.

Cuando Sebastián y sus amigos tuvieron
hambre, fueron lentamente a un huerto de fresas
y comieron la fruta dulce y roja hasta quedar con
la cara empapada de jugo.

Finalmente, cuando llegó la hora de regresar a
casa, se despidieron y cada uno siguió su camino.

Sebastián se acurrucó junto a su padre sobre la hierba, aún caliente por el sol de la tarde. Las estrellas titilaban en el firmamento, pero Sebastián no podía dormirse.

—¿Sabes qué me gustaría ser cuando sea grande? —preguntó.

—¿Ya lo has decidido? —dijo su padre sorprendido.

—Sí —respondió Sebastián—. Quiero ser bombero. Me pondré un uniforme rojo y un casco plateado y brillante. Y si llegas a estar en un incendio, iré a apagarlo.

—¡Qué bien! Me alegra mucho saber que nos salvarías —dijo su padre.

—También me gustaría hacer otras cosas —dijo
Sebastián. Se había entusiasmado mucho al decir
esto y hablaba con rapidez—. ¡Podría ser pirata!

—¿Qué? Los piratas son horribles. ¡Son el terror
de los mares!

—No te preocupes —dijo Sebastián acariciando a
su padre con el hocico—. Yo sería un pirata bueno.
No hundiría ningún barco.

—¿Y qué harías?

—Navegaría hacia islas desiertas —dijo
Sebastián—. Y si encontrara algún tesoro,
se lo regalaría a los pobres.
    —¡Qué generoso!

—También podría ser buceador. ¿Qué te parece?
Bucearía por el fondo del océano y correría carreras
con los peces. ¡Seguro que son más veloces que Teo
el caracol!

—No me cabe la menor duda —dijo su padre.

Padre e hijo miraron la luna, que brillaba
pálidamente como un farol en el firmamento.
Sebastián sintió como si un duende lo invitara
a dormir, pero intentó no bostezar. Se le acababa
de ocurrir otra idea y era tan buena que se la
tenía que contar a su padre.

—Podría ser paracaidista —dijo Sebastián—.
Le pediría a un pájaro que me llevara al cielo. Me
lanzaría desde su espalda y descendería flotando
con mi paracaídas. Después te contaría cómo se
ve la Tierra desde allí arriba.

　　—Eso estaría muy bien —dijo su padre—.
Y yo pensaría que eres muy valiente.

De repente Sebastián sintió que tenía mucho, mucho sueño. Se esforzó por mantener los ojos abiertos, mientras preguntaba a su padre:

—¿Y tú qué querías ser cuando eras pequeño?

—Bueno…, déjame pensar —dijo su padre, mirando cariñosamente a Sebastián—. Siempre quise ser padre. Y siempre quise tener un hijo como tú. Un hijo de quien me sentiría orgulloso, hiciera lo que hiciese.

El padre acarició suavemente a su hijo. Sebastián dio un suspiro de felicidad y metió la cabeza en el caparazón, acurrucándose para dormirse.

—¡Ah! Y me gustaría ser como tú —murmuró adormecido.

Y mientras el aire cálido de la noche se llevaba las palabras de Sebastián por el campo, él ya se había dormido.